Mes Amis de la Forêt Enchantée

TOME 10

La surprise
d'Éva Truffe-Flair

L'auteur

Daisy Meadows doit probablement son amour des livres aux merveilleuses histoires que lui racontait son père et la source de son inspiration aux univers enchanteurs de Beatrix Potter, dont elle a dévoré les contes. Aujourd'hui, Daisy vit à Cambridge, non loin d'une forêt qui serait, d'après ce que l'on raconte, une Forêt Enchantée...

Dans la même collection

Vous avez aimé

Mes Amis
de la
Forêt Enchantée

Écrivez-nous
sur notre site Internet :
www.pocketjeunesse.fr

Daisy Meadows

Mes **Amis** de la
Forêt Enchantée

La surprise
d'Éva Truffe-Flair

Traduit de l'anglais par Sophie Dieuaide

POCKET JEUNESSE
PKJ·

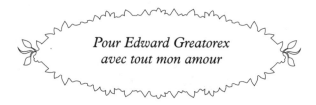

Pour Edward Greatorex
avec tout mon amour

Remerciements particuliers
à Valerie Wilding

Loi n° 49-956 du 16 juillet 1949 sur les publications
destinées à la jeunesse : décembre 2017

Text © Working Partners Ltd 2015
Illustrations © Orchard Books 2015
© 2017, éditions Pocket Jeunesse, département d'Univers Poche,
pour la traduction et la présente édition.

ISBN 978-2-266-27367-1

Dépôt légal : décembre 2017

Sais-tu garder un secret ?
Oui ? Alors, écoute bien.
Connais-tu la Forêt Enchantée ?
Pour y aller, passe la porte
dans le vieux chêne.
Allez, viens, je t'emmène !
Tu rencontreras mes amis,
les petits animaux
magiques, et tu vivras mille
aventures !

Goldie, la chatte dorée

La Forêt Enchantée

As des As
Voyages

Colline Fleurie

ne des
tions de
ume-Futé

Verger des Cerisiers

Arbre aux
Trésors

Boutique
d'Agathe
Brille-Brillant

Crique
de Corail

Plage du
Sable d'Or

Tour de
Grizelda

Décharge
Ensorcelée

1

Un visiteur d'automne

Manon donna un coup de pied dans un tas de feuilles mortes.

— Il y a des tonnes de noisettes dans mon jardin ! s'écria-t-elle.

Elle en avait déjà ramassé tout un panier, avec sa meilleure amie Lili.

— C'est génial, dit Lili. En ce moment, mes parents s'occupent d'un écureuil. Il va se régaler.

L'écureuil était un nouveau patient du refuge pour animaux blessés et abandonnés. Les parents de Lili l'avaient créé dans leur grange, de l'autre côté de la route, juste en face de la maison de Manon.

Les filles aimaient tellement les animaux qu'elles venaient aider dès qu'elles le pouvaient.

Des feuilles dorées tombèrent du noisetier en tourbillonnant.

Manon se pencha pour en ramasser une.

— J'adore les couleurs de l'automne ! s'exclama-t-elle. Ces jaunes, ces rouges, c'est magnifique.

Tout à coup, elle désigna quelque chose dans l'arbre.

— Oh ! Tu as vu, Lili ? Un écureuil.

Il bondissait de branche en branche.

— Comme il est mignon ! s'écria Lili. C'est lui qui a dû faire tomber toutes ces feuilles. On devrait lui offrir des noisettes.

Elle en tendit quelques-unes à l'écureuil, mais il resta timidement dans l'arbre.

— Il a peur de nous, dit Manon. Il vaut mieux les déposer dans l'herbe.

Elle dispersa vite autour du tronc une poignée de noisettes.

— J'aimerais pouvoir lui expliquer qu'il ne craint rien, regretta Lili. Ce serait formidable si on pouvait lui parler comme on parle aux animaux de la Forêt Enchantée.

La Forêt Enchantée était un monde secret où les animaux habitaient d'adorables maisonnettes. Ils avaient même un salon de thé ! L'un d'eux, une chatte qui s'appelait Goldie, était une grande amie des filles. Elle leur avait fait découvrir cet univers merveilleux. Grâce à Goldie, Lili et Manon avaient vécu des aventures extraordinaires dans la Forêt Enchantée.

— J'ai hâte que Goldie vienne nous rendre visite, dit Lili après un soupir.

— Regarde, elle est là, dans le buisson ! s'écria alors Manon.

Les magnifiques yeux verts de Goldie clignèrent dans le feuillage.

— Goldie ! s'exclamèrent les filles.

La chatte dorée bondit près de ses amies et vint aussitôt se frotter contre leurs jambes en ronronnant.

Les filles s'agenouillèrent pour la caresser.

— Tu es revenue, Goldie. Tu as besoin d'aide ? demanda Lili. C'est encore Grizelda qui menace les animaux de la Forêt Enchantée ?

Grizelda était une horrible sorcière qui voulait s'emparer de la forêt. Manon, Lili et Goldie avaient toujours réussi à déjouer ses plans. Mais depuis peu, Grizelda était aidée de quatre répugnantes créatures venues de la Décharge Ensorcelée.

La Décharge Ensorcelée avait été un splendide jardin avec des étangs, des saules pleureurs et des nénuphars. Les créatures de

Grizelda en avaient fait un dépotoir crasseux rempli d'ordures. La sorcière voulait qu'elles salissent toute la Forêt Enchantée pour obliger les animaux à s'enfuir.

La dernière fois que Lili et Manon s'étaient rendues dans la forêt, Chiro la chauve-souris de la Décharge Ensorcelée avait lancé un sort à Olivia Grignote, un adorable petit hamster. Olivia était devenue aussi sale que Chiro et elle se transformait peu à peu en une insupportable chauve-souris ! Heureusement, les filles avaient réussi à inverser le sort.

Goldie miaula en se tournant vers le portail.

— Viens vite, Lili ! dit Manon en sautillant d'impatience. Goldie nous emmène dans la Forêt Enchantée !

Les filles coururent le long de la route. Elles dépassèrent le refuge où deux petits lapins s'amusèrent à faire la course avec elles depuis leur enclos.

Goldie les mena tout au fond du jardin de Lili. Là, elles traversèrent un ruisseau en sautant de pierre en pierre. Sur l'autre rive se dressait un grand arbre mort, le Chêne Enchanté !

Manon et Lili échangèrent un regard joyeux quand Goldie s'approcha de l'arbre. Elles savaient que quelque chose d'extraordinaire allait arriver !

En un instant, des feuilles poussèrent sur toutes les branches. Elles n'étaient pas du joli vert habituel. Elles s'étaient parées de toutes les couleurs d'automne. Rouge, orangé, jaune d'or... Elles scintillaient sous les rayons du soleil.

Des merles bleus et des rouges-gorges volaient dans le feuillage pour se régaler de baies poussées par magie sur le Chêne Enchanté.

Goldie posa la patte sur le tronc. Quelques mots étaient gravés dans l'écorce. Manon et Lili les lurent à haute voix :

— La Forêt Enchantée !

Aussitôt, une porte avec une poignée en forme de feuille apparut dans le tronc. Manon l'ouvrit et une jolie lumière dorée s'échappa de l'arbre creux.

La chatte entra la première et les filles la suivirent, main dans la main.

Elles sentirent des picotements sur leur peau. Elles étaient en train de rétrécir.

Quand la lumière dorée s'atténua peu à peu, elles se retrouvèrent dans une clairière. C'était toujours l'été dans la Forêt Enchantée ! L'air était doux et de jolis buissons dégageaient un délicieux parfum de pop-corn. De charmantes maisonnettes se nichaient entre les racines des arbres.

— C'est génial d'être revenues ! s'écria Manon.

Puis elle poussa un petit cri de surprise. Tous les arbres étaient couverts de fleurs.

Lili leva les yeux, émerveillée.

— C'est magnifique, n'est-ce pas ? dit une voix.

Les filles se retournèrent. Leur amie Goldie se tenait debout sur ses pattes arrière. Elle était presque aussi grande que les filles et portait un beau foulard à paillettes.

— Goldie, on peut enfin parler avec toi ! s'écria Lili.

Elle se précipita pour la prendre dans ses bras.

— Je suis venue vous chercher car c'est un moment très spécial pour la Forêt Enchantée, expliqua Goldie en souriant. C'est le Jour des Fleurs.

2

Le Jour des Fleurs

Une fois par an, tous les arbres de la Forêt Enchantée fleurissaient en même temps.

— C'est merveilleux, n'est-ce pas ? demanda Goldie.

— Oh, oui ! répondit Manon. Et ça sent tellement bon : le miel, les fruits et même un parfum de cerises et de jasmin.

— Vous verrez, c'est encore mieux sur la Colline Fleurie. C'est là-bas que nous fêtons le Jour des Fleurs.

En chemin, Lili et Manon s'arrêtèrent souvent pour contempler les fleurs éblouissantes qui couvraient les arbres.

— Regardez ces fleurs violettes ! dit Manon. Elles ressemblent à des pompons.

Lili tomba en admiration devant des lianes de fleurs blanches qui couraient d'arbre en arbre.

— Oh ! On dirait un immense collier de perles ! s'exclama-t-elle.

Au pied de la colline, il y avait une tanière avec des murs bleus et un toit rouge très pentu. L'une des fenêtres était ouverte, des rideaux jaunes ondulaient au vent. Le jardin tout autour était rempli de fleurs… et de beaucoup d'amis de Manon et Lili.

— Bonjour, tout le monde, dirent les filles.

En les voyant, les plus jeunes des animaux de la forêt cancanèrent, couinèrent, crièrent de joie.

La petite chatte Mimi Patte-Tigrée se précipita dans leurs bras. Marie Trotti-Trotta la souris et ses neuf frères et sœurs agitèrent leurs minuscules pattes avant. Lola Nez-Pointu la taupe leur fit un énorme câlin.

Quand elles se retournèrent, les filles virent que Goldie avait rejoint une famille de chiens. Ils avaient tous un épais poil noir et blanc.

— Je vous présente M. et Mme Truffe-Flair, dit Goldie. Et voici leurs filles, Éva et Clara.

Les deux petits chiots étaient survoltés.

— Bonjour ! dit Clara qui portait un nœud bleu sur la tête.

— Bonjour, Lili ! Bonjour, Manon ! cria Éva Truffe-Flair.

Éva Truffe-Flair avait de beaux yeux bruns pétillants et de grandes lunettes roses. Elle était plus petite que sa sœur et son pelage était tout ébouriffé.

M. Truffe-Flair éclata de rire en les regardant sautiller et battre de la queue.

— Lili, Manon, nous sommes très heureux de vous rencontrer, dit-il. On nous a raconté à quel point vous êtes courageuses. Tout le monde ici sait que vous avez battu Grizelda.

Au même moment, un minuscule hamster courut vers les filles. Manon le prit dans le creux de sa main.

— Salut, Olivia, dit-elle.

— Comme je suis contente que vous soyez là ! répondit Olivia.

— Moi aussi, s'écria Éva Truffe-Flair. On allait commencer la chasse aux trésors. Vous jouez avec nous ?

— La chasse aux trésors ? s'étonna Lili.

— Oui, nous en faisons toujours une le Jour des Fleurs, expliqua Mme Truffe-Flair.

La surprise d'Éva Truffe-Flair

Dans sa boulangerie, la famille Grignote prépare de délicieux bonbons à base de fleurs de chèvrefeuille. Ensuite, M. Truffe-Flair et moi, nous les cachons. Puis tout le monde se rend sur la Colline Fleurie pour en trouver le plus possible.

— Maman ! Maman ! supplia Éva. On y va ? S'il te plaît ? On y va ?

— Oh, oui ! On n'en peut plus d'attendre, ajoutèrent les autres petits animaux autour de Mme Truffe-Flair.

— Non, il manque encore M. Plume-Futé, répondit M. Truffe-Flair. Je me demande où il est passé…

M. Plume-Futé le hibou arriva sur la colline. Il avait coincé sous son aile une machine qui ressemblait à un petit aspirateur.

— Le voilà ! s'écria Manon.

Il les rejoignit en sautillant.

— Désolé, je suis en retard, haleta le hibou. J'ai pris mon Souffleur à Pétales, on peut y aller !

— Merci, monsieur Plume-Futé, dit M. Truffe-Flair. Écoutez, tout le monde… Dès que le Souffleur s'allumera, la chasse aux trésors commencera !

Lili, Manon, Goldie et les petits animaux se mirent en ligne près de M. Plume-Futé. Éva Truffe-Flair donna la patte à sa grande sœur.

— Attention… Pétales prêts… Souffleur prêt… Go ! cria M. Plume-Futé.

Il pressa un bouton et le Souffleur projeta des milliers de pétales multicolores. Ils s'envolaient comme des confettis.

Avec des cris de joie, les animaux se précipitèrent à la recherche des bonbons. Lola Nez-Pointu courut dans la tanière des Truffe-Flair pendant que Mimi Patte-Tigrée commençait à fouiller un parterre de fleurs.

— J'en ai trouvé ! s'exclama Mimi.

Elle brandissait un petit paquet emballé dans des feuilles.

— Allons voir la cabane dans les arbres, dit Clara Truffe-Flair. C'est par là.

Goldie et les filles coururent rejoindre les deux chiots qui s'étaient arrêtés devant un très vieil arbre. Un escalier tournait autour du tronc pour permettre de grimper jusqu'à la plus extraordinaire cabane perchée que Lili et Manon avaient jamais vue.

— Waouh ! s'écria Manon.

Il y avait des rideaux aux fenêtres et de jolies fleurs peintes autour des portes.

— C'est papa qui l'a construite, annonça fièrement Éva. Qu'est-ce qu'on s'est amusées ici !

Éva et Clara Truffe-Flair grimpèrent vite dans la cabane.

— Où êtes-vous ? On ne vous voit plus ! leur cria Lili.

— Surprise !

Éva éclata de rire à une fenêtre du deuxième étage.

— Coucou ! fit Clara à la porte du troisième.

Éva disparut un petit moment et ressurgit à la plus haute des fenêtres.

— Saluuut !

En riant, les filles et Goldie montèrent à leur tour. Dans la première maison, elles découvrirent beaucoup d'autres jolies fleurs peintes. Un escalier de bois leur permit de monter au niveau suivant. Elles retrouvèrent Clara et Éva qui fouillaient un grand tas de jouets.

Tout excitée, Éva jappait en vidant une caisse d'animaux en bois. Elle trouva soudain un petit paquet emballé dans des feuilles et ficelé par un brin d'herbe.

— Surprise ! cria encore Éva. Des bonbons au chèvrefeuille !

Elle donna le paquet à Lili qui l'ouvrit.

— Mmm… fit Lili en croquant un des bonbons. Oh ! C'est liquide au milieu et ça surprend.

Éva éclata de rire et Clara s'approcha d'elle pour l'embrasser.

— Éva adore les surprises ! expliqua-t-elle.

Elle ébouriffa gentiment la fourrure de sa petite sœur. Mais tout à coup, elles entendirent un cri terrifiant :

— Croâ croâ Grrrh !

Cela venait de la tanière des Truffe-Flair.

— Qu'est-ce que c'était ? s'inquiéta Goldie.

Elles descendirent en courant de la cabane perchée et rejoignirent les petits animaux. Ils fuyaient la tanière pour se précipiter vers leurs parents. Goldie et les filles s'approchèrent des fenêtres et aperçurent un rat, un corbeau, un crapaud et une chauve-souris dans la maison des Truffe-Flair. C'était eux qui effrayaient leurs amis !

— Les créatures de la Décharge Ensorcelée ! s'écria Lili. Elles ont volé tous les bonbons !

3

Raton jette un sort

— Allons-y ! cria Lili en entraînant Goldie et Manon dans la tanière.

Les créatures de la Décharge Ensorcelée couraient dans tous les sens dans la cuisine des Truffe-Flair. Le corbeau agitait ses ailes déplumées devant Lola Nez-Pointu. La petite taupe avait perdu ses grosses lunettes. Elle n'avait pas vu approcher Corbac jusqu'à ce qu'il soit juste sous son museau. Lola poussa un cri aigu et bouscula quelques casseroles.

— Par ici, Lola ! l'appela Goldie pour la guider vers la porte.

Raton agitait joyeusement en l'air son chapeau de paille. Il renversait les chaises de la cuisine, une à une.

— Hé ! Hé ! Qu'est-ce qu'on s'amuse ! ricana-t-il.

Lili récupéra Olivia Grignote cachée dans une tasse à thé.

— Tu es sauvée maintenant, lui dit-elle.

Elle partit la déposer dans l'herbe et revint vite dans la tanière.

— Arrêtez ! cria Manon aux créatures. Vous effrayez tout le monde !

Gluant le crapaud jaillit de sous la table et lui tira sa monstrueuse langue. Chiro la chauve-souris était perché sur une étagère. Il ricanait en faisant tomber des assiettes qui se brisaient sur le sol.

— J'adore quand on met le bazar ! s'exclama-t-il.

Au même moment, il y eut des cris de panique à l'extérieur. Par la fenêtre, les filles virent planer au-dessus de la Colline Fleurie une sphère verte qu'elles ne connaissaient que trop bien.

— Oh ! non… gémit Lili.

Elles sortirent en courant.

Craaaaaaaaaaaac… La sphère explosa en mille étincelles vertes et Grizelda apparut. La sorcière portait une tunique violette et des bottes à talons pointus. Ses cheveux verts pendaient sur ses épaules, on aurait dit des algues. Elle les rejeta en arrière et éclata de rire.

— Tiens, les filles qui se mêlent de tout et leur stupide chatte sont de retour ! se moqua Grizelda. Vous avez peut-être fait échouer Chiro, mais Corbac, Raton et Gluant n'ont pas encore utilisé leurs sorts !

Les yeux noirs de la sorcière se plissèrent quand elle pointa son doigt osseux vers les habitants de la Forêt Enchantée.

— Bientôt Raton utilisera sa magie sur l'un d'entre vous, menaça-t-elle. Et il se transformera en rat !

Les animaux s'enfuirent en hurlant et Grizelda ricana encore.

— Ha ! Ha ! Quand le sort frappera, quelqu'un se mettra à aimer le désordre autant que Raton ! Bientôt, la forêt sera peuplée de créatures qui adoreront la crasse et les ordures. La Forêt Enchantée deviendra si répugnante que tous ces animaux idiots la quitteront à jamais ! Ha ! Ha ! Ha !

Manon lança bravement :

— Vous ne réussirez pas !

— C'est ce qu'on verra, répliqua Grizelda.

Puis elle claqua des doigts et disparut dans un nuage d'étincelles.

La surprise d'Éva Truffe-Flair

Les animaux, complètement terrorisés, se regardaient les uns les autres. Soudain, Raton se précipita vers Éva Truffe-Flair.

— Attention ! avertit Lili.

Trop tard. Le rat avait rejoint le petit chiot. Il tournait autour en battant le sol avec sa longue queue rose. Des étincelles violettes enveloppaient déjà Éva.

Goldie porta la patte à sa bouche.

— Oh, non ! gémit-elle.

Éva secoua sa fourrure et s'assit un moment. Elle ne semblait pas avoir changé.

— Il ne s'est peut-être rien passé, chuchota Manon pleine d'espoir.

Mais Éva se mit à japper et fonça tout droit sur Mimi Patte-Tigrée. Elle lui arracha son paquet de bonbons et les jeta tous par terre.

— J'adore mettre le bazar ! ricana Éva.

— La pauvre Éva, dit Goldie, elle se prend pour un rat aussi sale que Raton.

 36

— Hi ! Hi ! pouffa Raton. Allez, on s'en va
et on emporte tout.

Éva et les créatures de la Décharge Ensorcelée ramassèrent aussitôt les bonbons volés
et s'enfuirent dans la forêt.

— Reviens, Éva ! cria M. Truffe-Flair.
Mais le petit chiot avait déjà disparu derrière
les arbres.

Mme Truffe-Flair poussa un cri terrifié et
prit la patte de Clara.

— Qu'est-ce qu'on peut faire ? demanda-
t-elle.

   37

Manon la prit dans ses bras pour la réconforter.

— Ne vous inquiétez pas, dit-elle. On vous ramènera Éva.

— Oui, souvenez-vous que nous avons déjà sauvé Olivia Grignote, ajouta Lili.

— C'est vrai ! dit Goldie. Quand Olivia devenait une chauve-souris, on a trouvé le sort pour inverser la magie dans un livre de la bibliothèque de Mme Taille-Tronc. On peut le refaire !

Manon fouilla sa poche. Elle emportait toujours avec elle un petit carnet.

— J'ai noté ça quelque part, dit-elle en tournant les pages. C'est là !

Si ce sort vous voulez rompre,
Il vous faudra tout connaître de l'ensorcelé !
Dites-moi ce qu'il aime faire…
Dites-moi ce qu'il aime manger…
Dites-moi son plus grand secret…
Si ce sort vous voulez rompre,
Il vous faudra trouver l'endroit aimé de l'ensorcelé.
Là, déposez les objets…
Là, nommez-les…
Le sort vous aurez déjoué !

Les yeux de Clara Truffe-Flair se mirent à briller.

— Vous devez trouver ce qu'Éva préfère, c'est ça ?

— Exactement, lui répondit Lili. Et nous pourrons la sauver !

4

Mauvaise blague

Mme Truffe-Flair essuya ses larmes.

— Laissez-moi réfléchir, dit-elle. Ce qu'Éva aime le plus manger, ce sont les bonbons au chèvrefeuille, mais ces horribles créatures les ont tous volés.

— Ne pleurez pas, la consola Lili. Peut-être que la famille Grignote peut en préparer d'autres.

— Bien sûr, répondit Olivia. Mais nous n'avons plus de fleurs de chèvrefeuille et il nous en faut vingt pour faire un seul bonbon.

Les oreilles de M. Truffe-Flair se redressèrent d'un coup.

— Suivez-moi, dit-il. Je sais où en trouver !

Goldie, les filles et tous les animaux le suivirent près d'un grand arbre à quelques pas de la Colline Fleurie. Il était couvert de tiges entremêlées de chèvrefeuille. Mais toutes les fleurs du bas avaient été cueillies. Celles qui restaient étaient beaucoup trop hautes, même pour les filles.

— Oh ! non… Comment allons-nous faire pour les atteindre ? demanda Manon.

— Je sais ! s'exclama Lili. M. Plume-Futé, pouvons-nous utiliser votre Souffleur à Pétales ?

— Évidemment, répondit le vieux hibou. Je ferai tout ce que vous voudrez pour aider la petite Éva Truffe-Flair !

Il orienta le Souffleur et pressa le bouton.

Les fleurs de chèvrefeuille s'envolèrent et retombèrent en s'éparpillant dans l'herbe.

Tous les animaux se précipitèrent pour les ramasser et bientôt les filles eurent les bras chargés de fleurs. C'était comme porter un doux nuage parfumé. Clara bondit en avant

avec le panier qu'elle avait apporté. Les filles le remplirent à ras bord.

— Olivia est trop petite pour porter ce panier jusqu'à la boulangerie, je vais l'accompagner, décida Clara.

Toutes deux partirent en courant à travers la forêt.

— Pour la nourriture préférée d'Éva, c'est fait, dit Goldie. Maintenant, il faudrait connaître son passe-temps favori.

— Les collections ! s'exclama Mme Truffe-Flair. Sa chambre est remplie de collections, venez voir !

Ils retournèrent à la tanière des Truffe-Flair. M. et Mme Truffe-Flair les menèrent à l'étage dans une jolie chambre rose. Des petits objets très mignons s'entassaient sur les étagères et le bureau. Sur le rebord de la fenêtre, il y avait une collection de feuilles.

Du plafond pendait une guirlande de noix et de noisettes retenues par des brins d'herbe.

Goldie parcourut du regard toute la chambre.

— Ces collections sont magnifiques, dit-elle. Mais laquelle est sa préférée ?

— Ça, c'est facile, répondit Mme Truffe-Flair et elle souleva la couverture pour se glisser sous le lit.

Après quelques instants, elle se redressa et dit :

— C'est bizarre…

Elle avait l'air troublée.

— La collection qu'Éva aime le plus est celle de pierres précieuses. Elle la garde toujours dans un panier sous son lit, mais… il a disparu ! Elle l'a peut-être emporté avec elle la dernière fois qu'elle est sortie pour chercher d'autres pierres ?

M. Truffe-Flair aboya, très inquiet :

— Si on ne trouve pas la collection préférée d'Éva, Goldie et les filles ne pourront pas l'aider !

— On ne va pas se décourager, protesta Lili. Dites-nous où Éva trouve ses pierres.

— Dans une grotte près de la Clairière du Champignon Vénéneux, je crois, répondit Mme Truffe-Flair.

— Mais oui ! s'écria Manon. Elle est pleine de pierres précieuses. Nous l'avons vue pendant notre aventure avec Mimi Patte-Tigrée. Ne vous inquiétez pas, nous allons sauver Éva !

Lili, Manon et Goldie quittèrent précipitamment la Colline Fleurie. Elles traversèrent la forêt jusqu'à la Clairière du Champignon Vénéneux.

En chemin, elles passèrent près de l'Arbre aux Trésors qui donnait aux animaux de la forêt toute la nourriture dont ils avaient besoin. Elles aperçurent au pied de l'arbre une paire de minuscules bottes en plastique rouge.

— Couac, couac, couac, cancana une petite voix triste au-dessus de leurs têtes.

Élie Bec-Plume, le caneton, descendit vers elles. Il s'aida des lianes qui pendaient dans l'arbre.

— Bonjour, Élie ! dit Lili. Qu'est-ce qui t'arrive ?

Le caneton se dandina vers les filles.

— Je cherchais des mûres pour ma maman qui veut faire une tarte, expliqua-t-il. Mais il n'y en a plus une seule !

47

Élie s'apprêta à remettre ses bottes. Manon le tint par le bout de l'aile pour qu'il garde son équilibre.

Il enfila une botte. Splatch !

— Beurk ! s'exclama-t-il en secouant ses plumes.

Il sortit vite la patte. Elle était couverte de mûres en bouillie.

— Beurk de beurk ! répéta Élie.

Et il se mit à sautiller pour se nettoyer.

Les filles regardèrent dans les bottes. Elles étaient pleines de mûres.

— Mon pauvre Élie, on t'a fait une très mauvaise blague, dit Manon.

Élie semblait désolé.

— Qui a pu me faire une chose aussi méchante ? s'étonna-t-il.

Les filles et Goldie échangèrent un regard.

— Éva adore faire des surprises, n'est-ce pas ? réfléchit Lili. C'est elle ou c'est Raton !

5

La caverne
aux pierres précieuses

Lili nettoya gentiment la patte du caneton avec un peu de mousse pendant que Manon lui expliquait ce qui était arrivé à Éva.

— Elle ne se rend pas compte qu'elle est méchante, ajouta Manon. Elle n'y peut rien, c'est à cause du sort que lui a lancé Raton. Maintenant, elle adore comme lui le désordre et les mauvaises blagues.

 51

Goldie revint les pattes chargées de framboises. Elle les versa dans le panier d'Élie.

— Voilà ! s'exclama-t-elle. Il n'y a plus de mûres, mais vous pourrez quand même faire une excellente tarte.

Les yeux d'Élie se mirent à briller.

— Merci, Goldie !

Les filles et Goldie dirent au revoir au petit caneton et repartirent très vite dans la forêt.

Après quelques minutes, la chatte au pelage doré s'arrêta et leva la patte.

— Quelque chose a bougé là-haut… dit-elle. Peut-être Éva et Raton ?

Au même moment, elles entendirent un ricanement.

— Hé ! Hé !

Goldie se retourna brusquement, les oreilles dressées.

— Je n'arrive pas à savoir d'où ça vient, grogna-t-elle.

— Tu crois que Raton et Éva nous suivent ? demanda Lili.

— Il ne faut pas s'occuper d'eux maintenant, décida Manon. Le plus important, c'est de retrouver la collection. Venez !

Elles se dépêchèrent d'atteindre l'entrée de l'un des tunnels qui menaient à la caverne.

Lili sursauta quand une brindille craqua juste au-dessus de sa tête et elle leva les yeux.

— Éva ! Raton ! s'écria-t-elle. Ils nous ont suivis.

Le petit chiot noir et blanc cria « Surprise ! » et lança sur Lili une grosse poignée de mûres.

— Arrête ! la gronda Manon.

Mais la seule réponse qu'elle obtint fut une grande giclée de jus de mûres sur ses cheveux blonds.

Éva hurla de rire et Raton continua de projeter encore plus de baies contre les arbres. Les troncs dégoulinaient de jus.

— Hé ! Hé ! Vive le bazar ! cria Raton.

Puis il s'enfuit, suivi de près par Éva. Mais, au lieu de sautiller et de bondir comme il le faisait habituellement, le petit chiot courait ventre à terre.

— Elle se déplace déjà comme Raton, gémit Lili.

Manon hocha la tête.

— Si on ne parvient pas à inverser le sort, elle deviendra un rat pour toujours… Vite ! Allons-y !

Elles entrèrent dans le tunnel. Il n'était pas aussi sombre que la première fois qu'elles l'avaient emprunté pour libérer Mimi Patte-Tigrée.

— M. Poil-Roux le renard a percé des trous au-dessus du tunnel pour laisser entrer la lumière, expliqua Goldie. Maintenant, tous les animaux peuvent venir admirer les pierres précieuses.

— Regarde, Manon, s'écria Lili alors qu'elles approchaient de l'immense caverne. J'avais oublié que c'était si grand.

Manon contempla le plafond incrusté de pierres scintillantes de toutes les couleurs.

— Comment Éva arrive-t-elle à les attraper ? demanda-t-elle.

— Elle n'en a pas besoin, répondit Goldie en souriant. Jette un coup d'œil par terre…

Les filles en eurent le souffle coupé. Maintenant que la caverne était éclairée, elles découvraient ce qu'elles n'avaient pas pu voir avant. Le sol aussi était piqueté de pierres précieuses.

— C'est magnifique ! s'exclama Manon.

— Il y en a tellement… dit Lili

— Il faut trouver la collection d'Éva, ajouta Manon. Elle la garde dans un panier. Cherchons-le !

Lili vérifia derrière des rochers pendant que Manon fouillait chaque niche des parois. Goldie regarda derrière chacune des grandes colonnes qui soutenaient la voûte.

Quelques minutes plus tard, Lili poussa un cri :

— J'ai trouvé le panier ! Et autre chose aussi !

Goldie et Manon coururent la rejoindre.

Le petit panier était tombé et les pierres précieuses s'étaient déversées sur le sol.

— La collection d'Éva est magnifique, dit Goldie. Il y a des pierres de toutes les formes. Des rondes, des carrées…

— Il y en a même une en forme de cœur ! s'émerveilla Manon qui remettait les pierres dans le panier.

— Regardez, dit Lili en ramassant des bouts de ficelle. Éva devait être en train de fabriquer quelque chose.

À quelques pas de là, elles trouvèrent aussi une pile de feuilles et de brindilles dorées.

— Mais qu'est-ce que ça pouvait être ? demanda Manon. On ferait mieux de tout

 57

prendre, on en aura peut-être besoin pour notre sort. Nous connaissons déjà sa nourriture et son passe-temps préférés.

Il y avait plusieurs tunnels pour quitter la caverne. Elles hésitèrent jusqu'à ce que Lili remarque quelque chose à l'entrée de l'un d'eux. Une feuille dorée. Puis, un peu plus loin, une autre.

— Éva a dû les laisser tomber, dit Manon. C'est formidable, nous pouvons suivre sa piste. Cela nous aidera à découvrir son secret.

Goldie partit en tête.

— Dépêchez-vous, cria-t-elle aux filles. Éva se comporte déjà comme Raton, nous n'avons plus beaucoup de temps !

6

Boules de boue

Les trois amies suivirent la piste des feuilles dorées et sortirent du tunnel. Il débouchait devant la Rivière des Saules.

Sur la berge, un saule était couvert de longues feuilles dorées.

— C'est là qu'Éva a dû les cueillir, dit Manon.

Une adorable petite maison était perchée dans l'arbre, là où le tronc se divisait en cinq branches.

La surprise d'Éva Truffe-Flair

— Oh ! comme elle est jolie… dit Lili en l'observant attentivement.

Les murs étaient faits de brindilles et le toit de roseaux tressés.

La porte s'ouvrit et un petit martin-pêcheur sortit, tout surpris.

— Ça alors, Goldie ! Lili ! Manon ! s'écria-t-il.

C'était Mme Tout-Bleu. Avec sa famille, elle avait beaucoup aidé les filles pendant l'une de leurs aventures.

— Mes oisillons, venez vite, appela Mme Tout-Bleu.

Aussitôt, tous les petits vinrent voleter au-dessus de la tête de Manon et de Lili. Du bout de l'aile, ils leur envoyaient des baisers.

— Nous avons besoin d'aide, dit Manon.

Elle expliqua ce qui était arrivé à Éva Truffe-Flair et parla du petit tas de feuilles et de brindilles dorées.

— Éva a un grand secret et nous devons le découvrir, continua Lili. Sinon elle deviendra un rat comme Raton, une créature de la Décharge Ensorcelée. Est-ce que vous savez quelque chose ?

— Moi, tout ce que je sais, répondit Mme Tout-Bleu, c'est qu'Éva avait besoin de feuilles parce qu'elle préparait une surprise.

— Quelle surprise ? dit Goldie.

— Pour qui ? ajouta Manon.

Le martin-pêcheur secoua la tête.

— Je suis désolée, je ne peux pas vous renseigner, dit-elle.

Splatch !

— Oh ! cria Lili.

Elle venait de recevoir une grosse boule de boue gluante sur le bras.

— Beurk ! Mais qui a… ?

Splatch !

De nouvelles boules de boue atteignirent la jolie maison de la famille Tout-Bleu et dégoulinèrent sur la fenêtre.

Splatch !

Manon en reçut dans les cheveux.

— Hé ! cria-t-elle. Ça doit être Éva et Raton !

— Ils sont là, indiqua Mme Tout-Bleu en pointant son aile vers la rivière.

— Tchik tchik, se mit-elle à pépier.

Lili et Manon observaient l'autre rive où ricanaient Éva, Raton, Chiro, Gluant et

Corbac. Ils se servaient d'une branche comme d'une catapulte à boue.

— SURPRISE ! cria Éva avant de se tourner vers Raton. Vite, il faut lancer de la boue sur tout le reste de la forêt.

— Oh, oui ! répondit le rat. Qu'est-ce qu'on va s'amuser !

Et il envoya aussitôt une autre boule.

— Oh, non ! protesta Mme Tout-Bleu. La boue abîme nos plumes. Les enfants, allez tous vous mettre à l'abri !

— Par ici ! appela une voix craintive.

Lili et Manon se retournèrent. Le plus petit des martins-pêcheurs s'était réfugié dans un buisson. Lili prit Goldie par la patte pour se cacher derrière l'épais feuillage.

L'oisillon tremblait de peur, Lili caressa doucement ses plumes.

— Je m'appelle Béa, dit-elle en pleurant. Éva Truffe-Flair est mon amie et je voudrais vraiment qu'elle redevienne comme avant !

— Ne t'inquiète pas, répondit Manon. On est là pour l'aider, mais on doit découvrir son plus grand secret.

— Je suis désolée… pépia tristement Béa. Je ne le connais pas.

Mais ses yeux brillèrent tout à coup.

— Si ! Je crois que je sais où elle cache son secret !

— Génial ! s'exclama Lili. Peux-tu nous y conduire ?

Béa Tout-Bleu eut
un frisson, mais
elle gonfla ses plumes.

— Oui, répondit-elle
d'un air déterminé. Je
vais vous montrer ! Je
ferais n'importe quoi
pour sauver Éva.

— Merci, dit Goldie
en caressant les petites plumes orange et bleues
de l'oisillon.

— Maman, je vais aider Éva, dit Béa.

— Sois prudente, répondit Mme Tout-
Bleu.

— On la surveillera, promit Manon.

Et elles partirent en suivant Béa, esquivant
comme elles pouvaient la boue qui pleuvait
sur elles.

7

Le secret du Bois Fleuri

Béa ramena Goldie et les filles sur la Colline Fleurie. M. et Mme Truffe-Flair, très inquiets, attendaient avec leur fille Clara devant la tanière.

— J'ai rapporté un panier plein de bonbons au chèvrefeuille pour Éva, dit Clara. Est-ce que vous avez trouvé sa collection préférée ?

— Oui, mais on ne sait toujours pas quel est son secret, répondit Manon.

Elle se tourna vers le petit martin-pêcheur.

— Béa est venue nous aider.

L'oisillon s'envola pour se percher sur son bras puis tendit son aile en direction de la colline.

— C'est par là ! pépia Béa.

Clara Truffe-Flair glissa l'anse du panier sur sa patte et s'écria :

— Je vais avec vous. Éva me manque telle-ment !

Goldie et Clara suivaient facilement Béa Tout-Bleu, elles bondissaient avec agilité entre les buissons qui ployaient sous les fleurs.

Au sommet de la colline, une surprise les attendait. Le petit groupe entra dans un magnifique bois tout fleuri. Une délicieuse odeur de jasmin flottait dans l'air. L'herbe était douce et épaisse. Au milieu du bois, il y avait un bosquet de poiriers.

— C'est le Bois Fleuri, expliqua Béa.

— Venez vite ! appela Goldie.

 68

Les filles et Clara coururent la rejoindre. La chatte dorée leur désigna un parterre de fleurs jaunes.

— Regardez bien, reprit Goldie. Quelqu'un a planté des fleurs bleu foncé au milieu des jaunes. Ça dessine des lettres.

— Ça alors ! s'écria Clara. C… L… A… R… A… On peut lire mon prénom !

Béa les appela près des poiriers.

— Venez voir, pépia-t-elle.

Des ballons de baudruche avaient été accrochés à toutes les branches.

— C'est décoré pour une fête, observa Manon.

Lili remarqua quelque chose qui brillait sous un buisson aux fleurs en forme d'étoiles. C'était une très jolie couronne. Elle avait été tressée avec des feuilles de saule toutes dorées et était décorée de pierres précieuses.

— C'est sûrement Éva qui l'a faite, dit
Goldie.

Manon poussa un cri :

— Oh ! Maintenant je sais quelle surprise
elle préparait. En secret, elle organisait une
fête pour Clara.

Clara applaudit joyeusement.

— La couronne doit être pour toi aussi,
ajouta Lili.

Et elle la plaça gentiment sur sa tête.

— Le Jour des Fleurs, c'est mon anniversaire, expliqua le chiot, les yeux brillants. Je me sens toujours un petit peu triste parce que tout le monde fête autre chose. Je ne l'avais jamais dit à Éva, mais elle a dû le deviner !

— Et elle a voulu faire une fête secrète rien que pour toi, continua Lili.

Béa Tout-Bleu hocha la tête.

— Éva pense que le Bois Fleuri est le plus bel endroit de toute la Forêt Enchantée, ajouta-t-elle. C'est pour ça qu'elle l'a choisi pour la fête.

Clara sourit.

— Éva est vraiment la meilleure petite sœur qu'un chiot peut avoir.

— Cette fois, ça y est ! dit Manon, nous avons tout ce dont nous avons besoin pour inverser le sort.

Elle brandit le panier de bonbons et s'écria :

— La nourriture préférée d'Éva !

— Son passe-temps favori ! dit Lili en tendant devant elle la collection de pierres précieuses.

— Son grand secret est cette fête surprise pour Clara, dit Goldie, et son endroit préféré, ce petit bois !

Soudain, ses oreilles se dressèrent.

— Vous n'entendez pas rire ?

Les filles écoutèrent attentivement.

— J'entends aussi, répondit Lili. Éva et Raton ont encore dû nous suivre.

— Ils préparent sans doute une autre mauvaise blague, chuchota Manon.

Elle poussa un profond soupir.

— Chut… murmura Lili. Ils arrivent !

Raton et Éva jaillirent alors de derrière les buissons.

— Qu'est-ce qui se passe ici ? demanda Raton.

Il s'assit sur ses pattes arrière et claqua des dents. Aussitôt, Éva l'imita. Son pelage était maintenant aussi sale que celui du rat. Clara ne put s'empêcher de crier en voyant dans quel état était sa petite sœur.

Lili la prit dans ses bras pour la consoler.

— Ne t'inquiète pas, Clara, on a tout ce qu'il faut pour lancer le sort. On va sauver Éva !

Mais, au même moment, Éva lança une grosse poignée de boue sur le panier qui contenaient ses affaires préférées.

Splatch !

— Comme c'est rigolo ! ricana-t-elle.

Elle se tordait de rire avec Raton.

— Elle ne nous reconnaît même pas... chuchota Manon.

Elle avait une boule au ventre tellement elle était inquiète.

— Qu'allons-nous faire s'il est déjà trop tard ? gémit-elle.

8

C'est la fête !

— On ne va pas abandonner maintenant, dit Goldie. Lancez le sort et vite !

Pendant qu'Éva et Raton projetaient encore plus de boue, Manon se mit à chantonner :

— Le passe-temps favori d'Éva, c'est collectionner les pierres précieuses…

— Sa nourriture préférée, les bonbons au chèvrefeuille, continua Goldie.

— Et son grand secret, une fête pour Clara ! s'exclama Lili.

Elles se donnèrent la main et dirent ensemble :

— Son endroit préféré, c'est le Bois Fleuri.

Aussitôt, des étincelles violettes crépitèrent tout autour d'Éva. Son poil se hérissa quelques instants et les taches de saleté disparurent.

Elle cligna plusieurs fois des yeux puis elle commença à battre de la queue.

— Hourra ! crièrent Lili et Manon.

— Notre Éva est de retour ! dit Goldie avec des larmes dans ses magnifiques yeux verts.

Pendant un moment, le petit chiot sembla confus. Elle regarda Raton, Béa, puis les filles, et enfin Clara. Finalement, elle se mit à japper et bondit vers sa grande sœur.

— Qu'est-ce qui s'est passé ? demanda-t-elle.

Lili ébouriffa les poils blancs de son museau.

— Cet affreux Raton t'a lancé un sort, expliqua-t-elle, mais tout va bien maintenant.

Très énervé, le rat claqua des dents.

— Non ! Ça ne va pas ! cria-t-il. Éva n'est plus amusante du tout.

Goldie le regarda d'un air sévère.

— Il n'y a rien de drôle à salir la forêt ! gronda-t-elle.

— Mais c'est si amusant ! insista Raton.

Ses petits yeux se mirent à briller.

— Je m'en vais, dit-il. Je vais retrouver mes amis. Eux, ils aiment toujours mettre le bazar.

Il quitta en courant le Bois Fleuri et Goldie soupira :

— Si seulement les créatures de la Décharge Ensorcelée pouvaient rentrer chez elles… Mais je ne vois pas comment les y obliger.

 77

Béa Tout-Bleu s'était envolée pour regarder Raton s'éloigner. Soudain, elle fit volte-face et redescendit en piqué.

— Quelque chose arrive ! cria-t-elle en se perchant vite sur l'épaule de Lili.

Une sphère verte apparaissait au-dessus de la colline. Lili et Manon savaient ce que cela signifiait : Grizelda !

La sphère éclata en une myriade d'étincelles et la sorcière apparut. Ses cheveux verts se tortillaient comme des serpents.

Elle était si en colère que son visage était aussi violet que sa tunique.

Grizelda tapa du pied.

— Raton a échoué, cria-t-elle. Mais vous ne vous en tirerez pas comme ça ! Bientôt, Gluant et Corbac lanceront un sort à d'autres stupides petits animaux. La Forêt Enchantée sera à moi ! À moi !

Elle claqua des doigts et disparut.

— C'est fini, dit Goldie en passant ses pattes autour d'Éva et de Clara Truffe-Flair. Rentrons vite retrouver vos parents !

En fin d'après-midi, tout le monde s'était réuni dans le Bois Fleuri pour fêter l'anniversaire de Clara Truffe-Flair. Olivia et la famille Grignote avaient apporté beaucoup de délicieuses friandises de leur boulangerie. Il y avait des craquants au fromage, des tartes aux fruits, des biscuits au miel et un très gros gâteau d'anniversaire. Avec un glaçage au sucre, Olivia Grignote avait écrit dessus : « Joyeux anniversaire, Clara ! »

Clara portait sa belle couronne.

— Tu m'as fait la plus belle des surprises ! dit-elle à sa petite sœur. C'est génial !

— Je suis tellement contente pour toi, répondit Éva.

M. Plume-Futé avait apporté son Music-o-Matic. C'était une énorme machine de son invention qui jouait en même temps de la trompette, de la harpe, du tambour et du xylophone. À chaque fois que quelqu'un pressait un bouton et criait : « On change ! », le Music-o-Matic lançait une nouvelle musique.

Les Truffe-Flair étaient si heureux d'avoir retrouvé leur petite Éva qu'ils n'arrêtaient plus de danser. La famille Tout-Bleu virevoltait dans les rayons du soleil couchant.

Il était temps pour Manon et Lili de rentrer chez elles. Éva et Clara leur firent un gros câlin.

— Merci de m'avoir sauvée, dit Éva.

Son poil était plus ébouriffé que d'habitude, mais c'était parce qu'elle dansait sans cesse !

— On reviendra te voir, lui dit Lili en la caressant encore.

Tous les animaux de la forêt firent des signes d'adieu aux filles et Goldie les mena jusqu'au Chêne Enchanté.

— Vous croyez que Gluant et Corbac jetteront bientôt leur sort ? demanda Goldie.

— Dès qu'ils le feront, nous reviendrons vous aider, promit Lili.

Goldie sourit et prit leurs mains entre ses pattes.

— Les animaux ne pourraient pas avoir de meilleures amies que vous ! s'écria-t-elle.

Puis elle posa la patte sur le tronc du Chêne Enchanté et une porte apparut. Les filles serrèrent quelques instants Goldie contre elles puis elles entrèrent dans la lumière scintillante. Elles sentirent les picotements qui indiquaient qu'elles reprenaient leur taille normale. Quand la lumière s'adoucit, elles furent à nouveau dans leur monde. Le soleil était encore haut dans le ciel car le temps s'arrêtait lorsqu'elles étaient dans la Forêt Enchantée.

— C'était une aventure extraordinaire, dit Lili en souriant.

— Oh, oui ! s'exclama Manon. J'ai déjà hâte d'y retourner !

En chemin vers le jardin de Manon, elles s'amusèrent à donner des coups de pied dans les feuilles mortes. Dans le noisetier, le petit écureuil était toujours assis sur une branche et les regardait.

Manon s'approcha et lui tendit une noisette. Les filles retinrent leur souffle quand l'écureuil descendit à toute vitesse de l'arbre. Il s'arrêta puis reprit sa course jusqu'à Manon. Il grimpa sur son épaule, attrapa la noisette et repartit aussitôt vers un abri de jardin.

— Mais qu'est-ce qu'il fait là-dedans ? s'étonna Manon en le suivant. Je croyais que les écureuils enterraient les noisettes.

Lili passa la tête dans l'abri et éclata de rire.

— Il les enterre, dit-elle, mais dans les bottes de jardinage de ton père !

Manon rit aussi.

— Ça lui fera une belle surprise !

Les deux amies échangèrent un sourire. Elles connaissaient maintenant un petit chiot qui raffolait aussi des surprises.

Jeu rigolo !

Éva Truffe-Flair a organisé une fête surprise pour l'anniversaire de sa sœur Clara !

Peux-tu trouver les cinq différences entre ces deux dessins ?

RÉPONSES :
1. Il manque une souris.
2. Clara ne sourit plus.
3. Il y a deux ballons en trop.
4. Il n'y a plus de décorations sur le tambour.
5. Il manque une poche à la chemise de Lili.

Lili et Manon adorent les animaux,
ceux de la Forêt Enchantée
comme ceux du monde réel.
Voici ce qu'il faut savoir
sur les BORDER COLLIES
comme Éva Truffe-Flair…

♡ Éva est de la race des border collies. Ce sont des chiens qui savent travailler.

♡ Ils sont parmi les chiens les plus intelligents au monde et ils sont très obéissants.

♡ Depuis des milliers d'années, ils aident les hommes à s'occuper des troupeaux de moutons, de vaches, d'oies et d'autres animaux de ferme.

♡ Certains border collies réagissent à une centaine d'ordres différents et ils comprennent le travail qu'ils doivent faire.

♡ Les border collies ont souvent des portées de six chiots.

Ouvrage composé par
PCA – 44400 REZÉ

.

Imprimé en Espagne par Cayfosa

Pocket Jeunesse, une marque d'Univers Poche,
est un éditeur qui s'engage pour
la préservation de son environnement
et qui utilise du papier fabriqué à partir
de bois provenant de forêts gérées
de manière responsable.

12, avenue d'Italie – 75627 PARIS Cedex